오늘은 너랑 **점심**을 먹을 거야

오늘은 너랑 점심을 먹을 거야

발 행 | 2022년 05월 26일

저 자 | 하일

그 림 | 준석

펴낸이 | 한건희

펴낸곳 | 주식회사 부크크

출판사등록 | 2014.07.15.(제2014-16호)

주 소 | 서울특별시 금천구 가산디지털1로 119 SK트윈타워
A동 305호

전 화 | 1670-8316

이메일 | info@bookk.co.kr

ISBN | 979-11-372-8376-3

www.bookk.co.kr

점심 오늘은 너랑 을 먹을 거야

하일 지음 · 준석 그림

여느-ㄴ 시

누군가 말을 건네왔다.
자기를 써달라고.
그래서 이 시를 썼다.

1부 나는 점심을 먹지 않는다

2부 스쳐갔다

3부 1인칭 어떤 시점

1부

나는 점심을 먹지 않는다

도와줄 사람을 찾습니다

우리 엄마도 읽을 수 있는
글을 쓸 거예요

그리고 아무도 읽을 수 없는
글도 쓸 거예요

한순간에 당신을
문맹인으로 만들어 버리고

난 저 멀리 달아나서
꼭꼭 숨어버릴 거예요

그래도 내 글을 읽어줘요
영원하고 싶어요

나는 점심을 먹는 사람이 아니다

 나는 점심을 먹는 사람이 아니다. 나의 첫 식사는 대개 오후 6시에 시작된다. 바이오리듬 상 그게 첫 식사에 알맞은 것 같아서 그렇게 살아왔다. 그럼에도 굳이 굳이 점심을 먹으려는 이유는 언젠가 누군가가 우리의 저녁 자리에 함께하길 바라는 마음에서 비롯되었다. 실은 매일 저녁을 같이하는 이가 있다. 그의 자리를 독차지해도 되니, 우선 나와 점심을 같이 먹자는 게 희망사항이다. 그렇다면 언젠가 내 어둠에 당신이 빗줄기처럼 내리지 않을까. 나날이 우울했던 내 머리맡을 지켜줄 이가 누구일까 고뇌하던 어제가 씨앗이 되어 오늘의 점심 자리가 만들어졌다. 당신이 왔으면 좋겠다. 그래서 그를 대신하거나 대적하거나 함께하여 나의 해넘이를 지켜봐 주다 그렇게 잠자리에 같이 들었으면 한다.

우울

밤에 차곡차곡 담아둔 몇 마음들이
볕이 들어 조각조각 흩어져버렸다

방의 모퉁이
그 구석에마저
제 머리를 들이미는 녀석

순수하지만
불순한 것마저 비추는
다분한 호기심

세상에 빛이 내렸을 때
슬퍼할 어둠
또 누군가

펜심에 달린 퍼즐들을
꼭 어지럽혀야 풀리는 직성

이내 내가 사랑해야 할 것

하나를 알고 잃어버렸다

생각한 것보다 나를 싫어하는 사람이 많다는 사실과
한 편으로 나도 누군가를 퍽 미워한다는 것
그 모든 게 나를 아프게 한다

상담

1

구메구메 숨겨둔 마음을
그에게 내비치었다

어느 전산 속에만 영원히
남아있을 것만 같던 삶들과 함께 말이다

뜨거운 뺨과
입 밖으로 난 불결한 것들

그는 언제나 그랬던 것처럼
찬찬히 응시하고 날 어루만졌다

역전이에 대한 의식적 거부
곧 불가피한 미간의 찌푸림

그에게 보이는 인간성에 감사했고
결여된 마음을 아껴줄 용기를 받았다

2

막막한 사람들의 외침과 절망이
그를 잠식시켰나보다

돌연 어느 날 갑자기
그가 아닌 다른 이가 대신할 것이라고 통보한다

더 이상 종결난 나의 죄명으로
그에게 발걸음을 옮길 이유는 없으리라

다만 이제 와서야 내가 잘살고 있다고
그에게 자랑하고 싶을 때가 있지 않은가

그에게 왜 떠나는지 이유를 묻지 못함은
아마 그 부재에 나도 일조하지 않았을까

마지막 그의 선웃음에 나는 부끄러워서
재게 도망치듯 나왔다

그게 그의 마지막 잔상이었고
우리의 치료 종결이었다

안부 인사(1)

그러니까
보고 싶다는 말만 하지 말고

보러와 줘

이제는 땔감으로 써도 될 것들

내일이면 잊어버릴
어떤 이들을 위해서
죽어가는 마음들을
전심으로 밀어 넣었어요

모든 우체통에서는
내 편지를 받아주지 않았고
나의 편지는 평생
내 수납함 속에 남게 되었죠

잊힐 사람들을 위해서
내가 전부라고 생각했던
진심들을 별 부끄럼 없이
꾹꾹 담아뒀지만

우체통이 사라졌다는 이유로
나의 마음은 늘 반송 처리가 되었고
그렇게 내 모든 것은 영영
어느 동산에 누워있답니다

어른이 되지 않기로 했다

내가 자라면서 마주한 사실 첫 번째는 생각보다 사람들은 나에게 관심이 없다는 것이었다. 그리고 두 번째는 어른들은 약속을 안 지킨다는 것이었다.

명백한 것만 같다.

스물세 개의 나이테가 새겨질 때쯤 삶에 달구비가 내렸다. 얼굴도 모르는 사람들은 나에게 침을 뱉어댔다. 병동에서 작은 정원을 돌기만 했다.

내가 토해내는 일부의 삶들은 차트에 남았다. 그런 줄도 모르고 무수한 말들을 쏟아냈다. 나에게 연민을 느끼는 주치의는 나를 꺼내주겠다고 약속했다. 그것은 내 인생에 있어서 가장 큰 약속이었다. 하지만 며칠이 지나고 그 약속은 지켜지지 않았다. 저마다의 안위와 사정으로 어딘가 되똑한 이를 지나치는 어른들이었다. 자기들끼리 재잘재잘 줄다리기하며 서로의 의무를 들이대기 바빴다.

그루잠에서 깨어보니 어느새 세상에 뱉어져 있던 나는 다시 아무렇지 않은 듯 살아가기 시작했다. 그러면서 수십 번 마음속으로 어른이 되지 않겠다고 되뇌었다.

흘겨보지 않기로 마음먹었다. 침을 뱉지 않겠다고 다짐했다. 뒷모습을 보이지 않기로 결심했다. 약속하지 않을 것이라고 약속했다.

僘

1

잘 지내냐는 그 한마디에
내 잠자리는 길어졌다
그 가벼운 안부에
내 하루와 삶의 연고가 무거워졌다
밤의 목을 잘라내어
아무도 모를 어느 글자에 숨기고 싶다

2

그렇지만 별은 보고 싶다
종일 앞만 보며 살아가더니
이젠 위엣것들이 그립나보다
내가 그곳에서 출발한 게 아닐까 추측한다

내가 그래서

함부로 우울할 수 없는 이유다

무제와 무죄 사이

오늘은 마음을 건조대에 널었다
내리는 햇살에 부둑부둑 말라버린 걸
다시 물에 푹 담가 부셨다
그렇다고 순결해지진 않았다

아무개의 삶

누군가의 손목에 있는 쇠창살이
그의 감옥이 아닐까 생각이 들었다

내가 머물던 병동에는 쇠창살이 없었지만
그게 나와 그들에게 무슨 상관일까

일평생을 도린곁에 머무른
우리는 죄수가 아니고 무엇일까

혼잣말을 하는 저 여인도
세면대만 한참 바라보는 저 청년도

심히 삐딱하게 구는 저 소년과 소녀도
온 세상 사람들이 감염됐다는 저 아저씨도

저마다 다른 병질의 명찰을 달고
어찌어찌 살아가고 있다

알아줄 이 하나 없는 작은 외침
독방과 고요

관계 과잉

1

내일이면 사라져버릴 것들에 두었던 마음을
회수해야 하는 오늘이다
구태여 붙잡으면서까지 닳을 내 마음을
아껴야 하는 지금이다

매 겨울마다 찾아와
내 방의 벽지를 허무는 결로

나는 내가 해야 할 것들과
오롯이 잊어야 할 것들을 잊고 있었다

2

알람에 맞추는
요란한 마음

눈을 떴을 때 바라볼 것은
바보로 만드는 고철 덩어리에서
뿜어나오는 인위적인 광선이 아닌
커튼 사이로 스며들어오는 빛

조금만 내어주자 생각했다
조금만 아프자고 결심했다

SNS

1

어느 날 불쑥 가짜 기구함이 찾아왔다. 난 그래서 모든 걸 바꾸어야겠다는 헛된 마음을 먹는다. 잠시 눈을 감으면 녹아버릴 그것들을 알면서도 말이다. 번잡함으로 누군가에게 연락을 한다.

2

동경과 질투 사이엔 종이 한 터럭의 공백이 있을 것이다. 과연 그사이는 무엇이 채우고 있을까. 그걸 몰라서 불행해지는 건 늘 대부분이었다.

안부 인사(2)

우린 언제 마주하고
우린 언제 밥을 먹고
우린 언제 놀러 가고
우린 언제 사랑하나요

정말 날 보고 싶나요
정말 날 그리워하나요
정말 날 걱정하나요
정말 날 사랑하나요

그 몇 마디에
항상 진심이었어요
어설프게 순진한 게
죄는 아니잖아요

근데 왜 난 부끄러울까요

결핍에 대하여

"너는 뭐가 그렇게 부족하니?"

'전부'

방문객

1

누군가 내 집에 잠깐 머물렀다
불쑥 예정 없이 떠났다

그리 썩 가깝지는 않았다만
아쉬움만이 내 전부였다

그러나 느닷없이 우울이 그 속으로
비집고 들어오는 것이 아닌가

그는 나에게 마음의 공실을
고지한 것이나 다름없었다

2

관계의 과잉이다
어쩌면 중독이다

쉽게 정을 붙이는 게 아니라
쉽게 외로움을 탄다는 것

사랑과 연민에서 나오는
애틋함이 아니라는 것

어쩌면 살고 싶다는
아주 괴기한 외침에서 시작됐다

불면(1)

종이 한 장을 사이로 그는
불안이 되어버린다

다시 뒤집으면
이내 우울이 되어있다

운동회에서 뒤집던
종이 딱지들이 생각나던 참이다

그러다가 양면으로 찢어져
전구 속으로
바닥 틈으로
스며든다

내가 당신을 치유할 수 있을까

몸이 붕 뜨다가도
다시 이마로 빨려 들어간다

그만하면 된 거다

부족한 게 잘못은 아니다
충분한 사람은 없다
모두가 궁핍하다
그만하면 된 거다

사랑받지 못해도 괜찮다
그게 전부인 것처럼 굴지 말자
100분의 1만 그 공간으로 내어주자
다른 것을 차곡차곡 들여오자

도서관에 들러 글귀 한 구절을 담아오고
꽃집에 들러 르네브 향기를 맡아오고
친구 집에 들러 웃음을 머금어보고
바래진 사진 속에 추억을 떠올려보자

잠시 세상을 언저리에 두고

우주를 다녀온다면

토성과 함께 돈다면

외계 생물과 생각을 나눈다면

우리는 원래 부족하다는 걸 알게 된다

MBTI

겁쟁이들에게 음침하게 사용되는 도구
바이러스처럼 쉽게 사라지지 않는 목숨
남을 쉽게 재단하려는 구두쇠들의 속셈
비겁하게 숨어버릴 수 있도록 만든 가면
자신을 명명하기에 바쁜 사람들의 약속
자신만이 추구하는 이상향에 대한 욕망
그래서 자랑스럽게 말하고 다니는 허풍
하지만 놓칠 수 없는 스몰토크의 원료

'ㅎ'을 좋아하는 이유

저 아래 외딴곳에서 올라온 이

저 혼자일 때는 나약하다만
함께일 때는 뜨겁게 뿜어내는 제 소리

잘 울어야 한다

엉엉 울었던 다음날이다
아픈 마음은 어제로 국한되었다
잘 운 탓이다

잘 울어야 한다
세상이 꺼지도록 울어야 한다
우리는 울면서 태어나지 않았는가

잘 울어야 한다
미소를 머금고 눈을 감는 것은
그것도 아마 잘 울어서 그런 게 아닌가

우는 법을 모르는 것만큼
안타까운 일은 없다
그러니까 잘 울어야 한다

소문

당신이 편하다면 그렇게 생각하세요
기꺼이 그런 사람이 되어드릴게요
사실 그럴 깜냥은 없지만

소우주

당신의 눈에는 어느 별이 담겨 있고
당신의 머리엔 수많은 행성이 돌고 있겠죠
태초의 빛처럼 빠른 생각들과
폭발하며 탄생한 여러 모습은
전부 당신일 것이에요
스스로의 생명률에 따라 자전하는 것과
또 어떤 체계들을 중심으로 공전하는 것도
에너지가 수축되고 방출되는 것과
그 속에 수많은 잉태와 죽음을 마주하는 것도
미소한 우리가, 미지의 존재이면서도
한 편으로 평생의 연구 대상이라는 이야기죠

고향에서 더 큰 짐을 들고 왔다

나를 잘 아는 줄 알았던 지난날은
교만함이었다

누구보다도 너 자신만이
모든 걸 알고 있을 것이라며
건네왔던 위선
모두 껍데기였던 것이다
무책임함이었던 것이다
진실되지 못한 것이다

교통사고가 났나보다
머리가 심장을 추월하려다
어디에선가 부딪혔나보다
그렇지 않고서야 이렇게
생각이 정체될 리가 없다

어딘가 망가졌나 보다

교통정리가 필요하다

3번으로는 부족한 이유

내가 양치를 하는 이유는
그날에 뱉어낸 악의와 기만들을
닦아내기 위해서

제자리걸음

내가 5살 때 택시에 치였던 곳이다
피범벅 된 얼굴로 물끄러미 엄마를 바라보던 예뱃날
아무것도 모른 채 얼굴을 만져
인주를 찍어낸 듯한 손바닥만 바라봤던 날

19년 전 버스정류장은 그대로다
내 집은 허물어졌고 그 땅은 공사판이다
파란 천막 뒤편으로 빼꼼히 보이는 고철
쓰레기더미
비디오 가게와 목욕탕과 마트는
높은 건물과 모텔
꽤 길었던 노상이 퍽 짧게만 느껴진 것은
내가 어른이 되었냐는 질문이다

우울한 냄새다

전자 담배 향기다

저번 달 친구의 침대에서 느끼던 우울이

그의 액상에 숨어들어 갔나보다

연기로 사라지던 걸

도로 내 폐로 집어넣어 버린 것은

과거의 부스러기를 음미함과 동시에

못질 되어 벗어날 수 없는 곳에 대한

고즈넉한 수긍이다

적어도 내가 바라보는 세상은 이렇다

티비를 꺼냈다

이것은 문명의 냉기
딱딱한 것에 타고
흔들리는 지구본
차오르는 욕조
뽑혀버린 콘센트
고장 난 냉장고
녹아가는 우산
쏟아질 무수한 것들
시간의 가속화
언제 찾아올지 모르는
수리공
환경미화원
급하게 쌓아 올리는

거대한 성벽
그 틈으로 생기는
마음의 거리들
부재하는 눈맞춤
외면하는 미래
치열한 자리싸움
너저분한 피와 탄피
안쪽으로 파고드는
거대한 욕망
경고하는 사이렌과
안일한 뱃사람들
분리수거를 하는 나

변질

거실과 부엌 사이를 가로지르다
무언가를 밟았다
하얀 모양새가 쌀 한 톨인 줄만 알았다

그렇다고 하기엔
너무나도 연약하고
쉽게 바스러진
이미 가루가 되어버린 것

하루에 먹는 약은 서른 알 정도 될까
그중 약 하나를 언젠가 떨어뜨렸나보다

괜히 저 약 한 알을 먹지 않아
내 건강이 악화될까 걱정했다

뒤꿈치의 약을 털어내며
고작 그 한 알의 약에 의존하고 있다는
빈곤한 마음을 지켜봤다

안부 인사(3)

악의는 없지만
거짓이 대부분인 것들

쉽게 할 수 있지만
지키기는 귀찮은 것들

위선이었다가
결국 버릇이 되는 것들

죄책감 없이
어겨도 되는 것들

유머와 겉치레가
헷갈리는 것들

모면과 외면이
공존하는 것들

누군가에겐 진심이지만
누군가에겐 가심인 것들

말뿐인 사람들과
그 괴상한 말들

"안녕?"

'아니, 안녕하지 못해'

불면(2)

　나 오늘도 못 자고 있어. 목을 꿀떡꿀떡 넘기고 물을 여러 차례 마셔봐도 약이 넘어가지 않더라고. 쓴맛이 목구멍에서 자꾸 맴도는 것만 같아. 사실 누군가가 내 옆에 없다는 게 불면의 이유라면 이유야. 왼편에 자리한 누군가의 숨소리를 듣는 게, 민망하게 스치는 살갗에서 아주 잠깐의 온기를 느끼고 싶은 게 큰 바람이야. 무성의하고 건조한 '잘자'라는 그 인사에 미련 없이 돌아서서 잠들 수 있을 거 같아. 혼자 내일을 마주할 용기가 없나 봐. 외로움에 따라 늘어가는 수납함의 인형. 텅 비어있을 아침 공기는 사방의 벽을 밀어 평방미터를 늘리겠지. 그렇게 털어낼 수 없는 적막함을 끌어안을 거야. 그리고 마른 마음을 축이러 냉장고가 아닌 어딘가로 가고 싶어 할 거야. 겁쟁이는 결국 제자리겠지. 불현듯 어디론가 떠나버리고 싶다는 잡념은 밀폐 용기에 넣어 냉동시켜야겠다. 아... 자고 싶어.

악몽

안식처라고 생각했던 곳마저 빼앗겼다. 꽤 오랜 기간 도망자로 살아왔다. 가끔 현실이 아니라는 걸 알게 되었던 순간은 내 옆에 있는 인형을 주물렀던 일과 어떤 직감 때문이었다. 어떤 날은 무한히 그곳에 갇힐 뻔한 적도 있었다. 그렇게 내가 알게 된 건, 누군가의 말처럼 꿈은 반대가 아니라 나의 현실을 비추는 거울이었고 나의 모든 하루들은 악몽과 다름없다는 것이었다. 난 그래서 매일 도망쳤다.

몇 해를 지나 지금에 와서는 안락한 베이스캠프를 찾아냈다. 그러나 어젯밤 이후로 다시 피난을 가야 할 마음이 생겨났다. 목구멍에 넘어가지 않아 매번 이물감을 느끼게 하는 몇 알약과 함께 말이다. 그게 어디론지는 모르겠다. 내가 잠을 자다 벌떡벌떡 일어나 숨을 가쁘게 고르는 이유는 갑작스레 어디론가 떠나야만 할 것 같아서이다.

2부

스쳐갔다

매일의 저녁이 되어줘

내일은 너와 저녁을 먹을 거야
말과 말 사이에서, 어떤 어스름 속에서,
누가 더 붉어지는지 지켜보는 거야
그럼 사라져버릴 노을이
어느새 우리 두 볼에 걸쳐있지 않을까

언젠가 내 점심 식탁 건너편에
마주할 너가 종착지가 되어줘
매일의 저녁이 되어줘

아직은 말하기 부끄러운 것

너로 가득하면 얼마나 좋을까
그저 미동도 없이 볕 아래에서
그늘진 마음을 등 뒤편으로 숨기고
그렇게 눈을 감고 싶어

그러다 새어 나오는 콧노래 사이로
꽃보라가 일 때
수줍스레 손을 마주 잡고
영영 부끄러이 춤을 추면서
그때야
난 지금 충분히 안녕하다고 말하고 싶어

영원하고 싶어

발치

사랑니를 전부 뽑았다

사랑하지 못해서 뽑았다

당신을 사랑하지 못했다

그것은 확실한 착각이었고 어리석음이었다

나 자신조차도 사랑하지 못했다

스쳐 간 이들을 일순간의 위로로 여겼다

그래서 그 누구도 사랑하지 못했다

변명하지 않겠다

비열했다
미안하다

그러나 언제부턴가

뽑혀 나간 네 자리엔
살갗이 차오르고
마음 한구석의 우물에
물이 차올라
출렁이고 있는 걸 보았다

새벽 편지

"엊그제는 너가 쓰던 칫솔을 버렸어. 너가 오기 전까지 놔두면 곪아버릴 거 같아서, 내 마음이. 무던하게 쓰레기봉투에 버렸지만, 머지않아 다시 쳐다보게 되더라. 너가 사용하지 않던 칫솔부터, 너가 내 집에 머물 때 줄곧 쓰던 칫솔까지 전부 버렸어. 새 칫솔 대신 전에 쓰던 칫솔을 쓰겠다던 얼토당토하지 않던 너의 고집까지 사랑한 내가, 다 버리니까 마음이 순식간에 무너져내렸어."

2021년 3월 25일 새벽 1시 56분의 편지 중.

인력(?力)

1

우리는 온전치 않아
서로에게 자리할 수 있겠지

이게 무심하고 불완전한 우리가
결연히 사랑할 수 있는 이유다

그 연고로
내가 너를 안았을까

2

우리가 사랑하는 이유를
결핍에서 찾아보면 어떨까

서로에게 끌리는 자장은
그곳으로부터 나온 게 아닐까

무의식과 의식을 넘나드는
화학 물질 그 이상이 아닐까

설령 필요에 의해 서로를 찾더라도
그게 잘못되었다고 할 수 있을까
누가 손가락질을 할 수 있을까

애초에 다들 그렇지 않나

좋아해를 좋아해

나는 '좋아해'라는 말을 좋아해

'사랑해'라는 말속에는
장난이 섞이기도
부탁이 들어있기도
간사함이 숨어있기도
거짓된 마음이 있기도 하거든

모면하려고 내뱉는 '사랑해'를 들어봤어
그땐 아무것도 모르고 그 사랑을 받았지
시간이 지나고 나서야 그것은 그저
빈 깡통인 걸 알아차렸어

그래서 나는 '좋아해'라는 말을 좋아해
뭔가 조금 더 솔직하잖아. 나만 그런가

그렇다고 내가 사랑한다는 말을
애써 감추지 않아
진실된 물결이 느껴질 때야
돛단배를 띄우지

너도 그러길 바라

좋아한다고 말해줘, 나도 그렇게 할게

수화기를 통해 건너오는
작은 파찰음과 미안함이
오늘도 널 좋아하게 만들어

마냥 고분고분할 줄만 알았던 너가
다른 사람의 험담을 하는 게
꽤나 웃겼던 날이었어

사포로 긁은 듯한 단어들과
익숙한 듯 제법 무던한 태도가
조금 당황스럽기도 했지

또, 너가 너의 입으로
모진 구석을 고백했을 때
웃음을 숨길 수 없었지

누가 너의 잠을 방해하면
그렇게 화를 냈다고
오묘하게 자랑하던 것
사실 누구나 그렇지 않냐는 말이
혀끝에 맴돌고 있었지만
딱히 너의 흐름을 역류하고 싶진 않았어

그리고 문득 스쳐 갔던 기억은
내가 매일 새벽마다 너의 오른편에서
별과 행성을 헤아리고 있을 때

좀 외롭다고 느껴져서
심술 가득 널 괴롭히며 깨웠는데
내게 투정 한 번 부리지 않던 것

잘 자는 너가 샘나서
괜한 입술을 옮겨보고
손장난을 치던 밤

혹은 나보다 훨씬 먼저 일어나서
아침 장을 봐오고 내가 일어나기를
묵묵히 기다리는 것

내가 하고 싶다는 걸
잠들기 전까지 떠안고
언제 해볼까 하는 마음

너가 보고 싶어
보고 싶어서 울적하다고 말하면
금세 시무룩해지는 너가 보고 싶어

내 말들이 어렵다며
머쓱해 하는 너를 위해서
덜어내 가며 말을 건넬게

그러니 이 작은 창문을 들여다봤다면
언젠가 나에게 전화를 해줘
그리고 좋아한다고 말해줘

10월에 끊겨버린 그 전화는
1월 1일에 끊겨버린 내 계정은
여전히 멈춰있어

후회한다고 말해줘도 돼
보고 싶었다고 말해줘도 돼
아직 좋아한다고 말해줘도 돼

그게 아니어도 돼

가끔은 침묵이 대답이 된다

언젠가 그가 말했다
"나랑 왜 만나?"

나는 잠시 머뭇거렸다
어떤 말도 하지 못했다

전부가 되었다

2021년 10월 23일 오전 6:02

생일 선물로 이별을 받았다
포장되지 않은 날 것이었다
차갑게 식어버린 마음이다
펑펑 울어 푸석해진 내 얼굴이다
더 이상 새벽을 건널 글귀와
쓰린 밤의 간지러움은 없다
남들과는 다른 이른 아침
너와 나눌 수 있던 인사가
지금은 벙어리가 되어버렸다
지난겨울 걱정된다며 사 온
그 핫팩은 아직 뜯지 않았고
서랍 제일 위편에 얹어있다
실은 올겨울에 너에게 다시
고스란히 돌려줄 예정이었다
별로 추위를 타지 않는 나는

혼자 쓸 마음이 영 없었지만
부쩍 추워졌다

과거로 남을 글들은
이 순간만을 무한히 품는다는
마음으로 지독하게 글을 쓴다
정말 치열했다
후회 없다
내 평생일 것 같던 순간들은
끝내 뒤집혀버렸지만
내가 다시 달리 뒤집으면 그만이다

이제 더 이상 당신은
이 책의 소재가 되지 않겠지만
앞으로의
내 삶과 사랑의 바탕이 될 테다
내가 자주 들여다볼 행성이 될 테다

오늘이 아니면 안 된다

눈을 비비며
세면대 앞에 섰다
그리고 물을 틀었다

사랑한다는 말도
아껴주겠다는 약속도
곁을 주겠다는 다짐도
용서하는 마음도
한 터럭의 미련도
관계없는 연락도
설레는 걸음도
깊이 새겨진 후회도
막연한 희망도
잊혀지는 웃음도
일렁이는 눈물도

파괴적인 절망도

강압적인 착취도

마주하는 얼굴도

스쳐 가는 옷깃도

치열한 경쟁도

함묵하는 눈빛도

괴괴한 소리도

뺨을 타는 눈물도

끊임없는 생각도

결국 우리의 사랑도

전부

세면대에 빨려 들어가는 것이었다

세상이 당신에게 향해있다

빨간 조화를 들고
담배를 피우면서
차 사이를 가로질러
무단횡단을 하는
어떤 청년을 보았다

부조화

공연히 애석한 꽃

금기와 사랑

그러나 여전히 아름다웠고
그 속에서 청년의 설렘과
당신을 보았다

수납함 어느 한 쪽

어릴 적 사두었던

어느 작은 나침반이

당신에게 머리를 옮기기 시작한다

어디에서 폭발음이 들려온다

요8:1-11

사랑하기를 겁내는 사람들이 있다
나는 그들이 비겁하다고 생각했다
전부 다 얼없는 변명뿐이라고 여겼다

맛문하다

나 역시도
마음의 너테가 녹아내리지 않을
겹꾸러기이다
늦은 의식화다
오랜 시간 인파 속을 헤매느라
나를 찾아보지 못한 불찰이다
비로소 문을 열고 나가야만 한다

거짓된 말씨로
사랑을 갈구하는 자들에게
손가락질할 수 없는 몸이 되어버렸다
그래서 심장과 뇌가
화해를 해야 할 때가 왔다

그땐 어떻게 해야 하지

모든 건 사라지고 잊힌다는데
우리의 언어도 하나하나 부서져서
사랑한다는 말마저 속삭이지 못하면
그땐 어떻게 해야 하지
입을 맞추어야 할까
눈을 맞추어야 할까
아니면 바보같이 웃어버릴까
또 아니라면 너의 방에 몰래
내 그림을 걸어두어야 할까
종이컵에 실을 달아
작은 신음을 내볼까
백사장의 모래를 한 움큼 가져와
시계를 만들어줄까
다 소용없다면 그땐 어떻게 해야 하지

새벽 편지(2)

꾹꾹 눌러 쓴 나의 편지글에
나의 온 하루가 담겨 있으니까
너는 잠시 내가 되어줘
나도 널 가득히 품어서
너로 글썽이는 날을 보낼 테니

Bye

좋아해

헤아리기 어려운 갈색 눈동자 속에
묶여있는 그 수수께끼들
희미한 웃음 위 입꼬리에 걸려있는
자그맣고 새침한 연못들과
올곧은 너의 마음씨와는 다른
나의 밤처럼 굽이진 머리칼
언젠가 내 기억의 색으로 남을
홍하를 가져다 놓은 너의 뺨

난 그걸 다 좋아해

일상의 틈

시멘트 사이로 삐죽 나온 초록이

그의 이름을 몰라서 그냥 초록이라고 한다

시멘트와 맞닿은 줄기가
꺾일까 괜한 걱정을 하고
어떤 짐승이 갉아먹을까 봐
발걸음을 돌리기도 한다

지나갈 때마다 눈을 맞추는 게
내가 초록이를 사랑하는 방법이다

네 말이 물줄기가 되어 온몸에 끼얹어
들어왔다

따가운 밖은 싫증뿐이다
나가면 죽을지도 모른다는 게 나의 심증이다
젖어 들고 싶었다

나의 방이 축축하게 되어
사방의 벽지들이
움츠러들고
갈라지고
찢어졌다

말라버린 나의 샘물에도
먼지로 가득하다

호흡기는 괜찮냐는 걱정을 뒤로

깜깜한 새벽 너머

저기 멀리 산등성이서부터

타고 내려오는 배달부의 숨 가쁨이 들린다

나를 어떻게 사랑하고 싶었던 날

다음에는 너로 살아가야지
그래서 지금의 나를 안아줘야지
가끔 곁을 지켜줘야지
그리고 사랑한다고 말해야지
그게 진실이 될 수가 없다고 해도
가끔 곁을 내어주어야지

이번에는 전시회를 갈게요

하얀 천이 드리운다. 이내 막이 열리고 얼굴 모를 사람과 나란히 있다. 시답잖은 몇 차례의 말뿐이 끝이었다. 아마 나는 그를 사랑하나 보다. 그렇게 다시 하얀 막이 내리고 곧 거두어진다. 아빠의 차에 그와 내가 타고 있었다. 차를 세우고 발걸음을 옮긴 곳은 어느 흰 병원. 나는 그들보다 한참을 뒤처져 걷고 있었다. 머리가 아리다. 그를 잃어버릴 것 같은 느낌이다. 서둘러 들어간 병원. 그의 자취는 보이지 않고 아빠만 덩그러니 있는 게 아닌가. 바작바작 마음 졸이며 그는 어디에 있냐고 물었다. 저 모퉁이를 돌아 어느 로비에 있을 것이라는 대답을 뒤로한 체 황급하게 자리를 옮겼다.

여전히 얼굴 모를 사람이었다. 아니 얼굴이 새하얘서 그저 알 수 없을 사람이었다. 하지만 내가 그를 소중히 하고 있다는 것만은 알고 있었다. 마치 나의 대부분이었다. 잃고 싶지 않은 무언가였다.

나란히 그와 로비 의자에 앉아있었다. 아주 밝은 낮. 음소거된 TV와 백색소음. 그 사이로 끼어드는 빛.

그는 말을 꺼내온다.

"우리 이제 못 만나겠지"

"아마도..."

"2월에 서울에서 열리는 전시회에서 보자"

"..."

막은 내려갔고 공연은 끝났다. 배우는 옷을 벗고 눈을 뜬다.

너무 몰입했나 보다. 누구인지도 모르는 그 사람을 만나기 위해 휴대폰을 꺼내 들었다. 2월에 서울에서 열리는 전시회를 뒤져보았다. 그러나 그러한 전시회가 한 두 군데가 아니라는 걸 알아차리고 이내 포기했다. 착잡했다.

오늘

당신을 만나고 싶다. 때마침 잠을 청하려고 한다.

그래서 시를 쓰나보다

5월을 잃어버렸다. 아니. 정확히 말하면 내 5월 일기를 잃어버렸다. 어디론가 사라져버렸다. 일기에 모든 게 담겼으리라는 안일함에 하루하루를 기억하지 않았고 그 탓에 5월을 전부 잃어버렸다. 어떤 글도, 어떤 사진도 남아있지 않다. 26살의 5월은 그렇게 없어져 버렸다.

허망함과 박탈감이 찾아온다. 어쩌면 한 달은 무생물로 지내왔던 게 아니냐는 물음이 던져진다. 이는 필연 소유욕의 문제가 아니다. 거짓말같이 5월에 대한 기억이 하나도 없다. 엉망일 마음도 없다.

몸에 새기지 않으면 모든 건 떠나버린다.

2021년 10월 23일 오전 6:40

생일 너머 밤

약을 먹어야만 잠이 들 것 같아서
그냥 그렇게 했다

정말 행복한 날이었는데
이 밤까지는 아니었나보다

내 존재만으로 축하받는 일은
어쩌면 내일에 염증을 더하는 것

일부가 이젠 전부가 되어 그리울 때

봄 없이 널 보냈는데
이 녹음 위에 내리는 빗소리마저
혼자 듣게 되는 걸까 봐
마음 쪼는 무더운 날이야

전부를 덜어내서 다시 전부가 되면
설핏한 웃음 뒤에 널 그리워할 거야

베개의 온기도
이불의 얼룩 자국도
러그의 자잘한 부스러기도
전부 다

진부하지 못한 이유

매번 같은 버스
창에는 새삼스러운 풍경

결국 종점까지 찍고 돌아오던 날
감출 수 없었던 울음이 터졌다

처음 느껴본 감각처럼
모든 것들에 대한 낯섦과
무엇에 안주한 것인지
영원할 줄만 알았던 착각

모든 것은 맺어지고
다시 잊힌다는 것
어느 새순에도 담겨있던 굴레
생명이 사라진 위인들

그래도 매일을 허수로 살게 되는
까닭은

어쩌면 계절이 바뀌고
내 옷장을 새로이 하지 못한 데에서
오는 것이 아닐까

아니면 당연하지 않은 것을
마치 당연한 것처럼 여기는 데에서
오는 것이 아닐까

지켜줄게

흔들리는 비행기가 내 마음을 대변한다. 뿌옇고 먹먹한 회색빛 구름을 가로지르는 추임새가 당신의 앞날이 되지 않을까 괜스레 걱정한다. 창문을 타고 스쳐 가는 물방울이 당신에게 향하고 있지 않나 아니면 내 마음이 담기지 않았나 생각한다. 꼭 울면서 달리는 모습 같다.

휠체어를 반납하고 당신에게 돌아가는 순간이 생각난다. 모든 상황이 끝났다는 안도감과 그칠 줄 모르는 놀란 마음에 울컥했다. 하지만 내가 흔들리면 당신은 더욱 동요할 것이라는 생각에 아무렇지 않은 듯 당신에게 걸어가 말을 걸었다. 당신을 아껴주고 싶었다. 그리고 택시를 불러냈다.

누워있는 게 전부인 당신에게 내가 해줄 수 있는 게 무엇일까 한참을 생각했다. 무능했다. 일요일엔 약국이 전부 휴무여서 어떻게 해야 할지 막막했다. 그러다 공공심야약국이 생각나 지하철을 타고 사상역으로 발걸음을 옮겼다. 불친절한 약사를 지나쳐 당신에게 도착했을 때 아무것도 하지 못하는 당신을 보고 마음속으로 부끄럽게 울고 있었다. 뼈저린 고통에 잠을 못 자는 이에겐 수면유도제와 진통제는 아무런 소용 없었고 내 발걸음도 그렇게 무의미해지는 밤이었다. 마약도 잠재울 수 없었던, 사랑과 아픔이 있었던 밤이었다.

그러다 문득 깨달은 것은, 내가 이전까지 짐작했던 것보다 당신이 내 마음속 깊이 자리했다는 것이었다. 그래서 당신을 내 모든 것에 힘껏 품고 싶다는 행성을 만났고, 덧붙여 당신의 물감이 되어 당신의 우주를 다채로이 만들겠다고 다짐했다. 물론 당신의 반응은 굉장히 미적지근했지만 말이다.

그래서 지켜주고 싶다는 말이 전부가 되었다. 지켜주지 못해서 지켜주고 싶다. 아무도 시키지 않았지만.

3부

1인칭 어떤 시점

첫 번째 이야기

1

나의 어릴 적 이야기이다. 나의 작은 방에는 티비 소리로 가득했다. 홀로 집을 지키는 게 예삿일이 되어갈 때 티비 소리를 비집고 전화벨이 끼어든다.

평소같이 받은 전화. 스산한 공기 소리조차 들리지 않는 건너편은 퍽 깜깜했다. 낯설었다. 나는 그저 "여보세요"만 연거푸 내뱉었다. 아무런 대답도 없었다.

그저 장난 전화라는 생각이 들자 돌연 화가 치밀어 올랐다. 그 어린 나이에, 건너편에 욕설을 내뱉을까 싶었다. 그만큼의 용력도 없으면서 말이다. 그래서 도로 물렀다.

2

엄마가 돌아왔다. 그녀는 갑상선암으로 한동안 병원에서 지냈어야 했다.

아주 반가워하며 나를 껴안았다. 그리고 말한다.

"아들 목소리 듣고 싶어서 전화했었어. 기억나? 아무 말 못 해서 미안해"

후회와 안도감이 그리고 미안함이 그녀의 뒤로 따라 들어온다. 그녀의 가방 속에서는 멋쩍은 공기가 새어 나오고 멍청한 티비에서는 웃음소리만 가득하다.

내가 어떻게 잊을 수 있을까.

선홍색

너가 펑펑 울었던 날
나도 너 때문에 막막해지는 밤이야
널 무너뜨리게 한 것은 무엇이었을까
돈이었을까
아니면 욕망이 낳은 욕심이었을까
아니면 수치심일까, 절망감일까
아니면 누군가의 치졸함에 대한 분노일까
그 모든 것일까

10바퀴를 돌았을 즈음
이 의미 없는 마라톤에서
다른 사람들이 앞질러 나갈 때
내가 관성에 저항할 수밖에 없던 이유는
너가 난데없이 멈춰 서서
땀인지 눈물인지도 모를 만큼

전화기를 붙잡고 울었기 때문이야

손을 잡자
끝없이 걸어가자
이따가 뛰어도 되니까
마침표가 없는 깜깜한 길이라도
웃음 가득 머금자
이제까지 그래왔던 것처럼

너가 내 병동에 들어왔던 저번 날
모두를 속인 것 같아 키득키득 웃으며
그 사이에서 여명을 보여줬던 걸 빌미로
이번엔 내가 너의 병동에 들어갈게

사실 대부분의 사람들은
너가 내 친구라는 것을 알고 있었지만
그들은 내 처지를 알았기에 말을 아꼈지
얼마나 딱했겠어

하지만
나는 굳이 내 모습을 숨기거나 속이지 않고
너의 병동에 들어갈게
그리고 너가 쓰는 독방의 등불로 남을게
가끔 누군가가 들어오면 불을 끄고
누군가가 들어오면 타오를게

이제는 그저 씁쓸한 웃음거리가 되었지만
그 불행을 통해
너가 더욱 단단해졌으리라 믿어

사랑을 좇는 나는 행운을 찾으러
밤을 헤매고 있어

나중에 너에게 그 행운을
손 사이로 잠시 보여줄게
그럼 그때 다시 울어줘
그 눈물이 또다시
큰 행성이 될 거야

룸메이트

내가 가장 힘들 때 옆에 있어 줘서 고마워. 언젠가 너가 나를 집에 홀로 두고 어디론가 나갔을 때야. 너는 내게 무슨 일이 일어나는 게 아닌가 걱정했나 봐. 나도 모르게 네 마음을 노트북에 담긴 개인 메시지를 통해 알았어. 사실 너가 나를 그리 걱정하고 있어 보이진 않았거든? 그런데 나의 예측과는 꽤 다른 서사로 그 대화가 흘러가고 있더라고. 음... 훔쳐보려던 건 아니었어. 미안.

모든 예외적인 상황을 마주하기에 두려웠던 너는 매번 집으로 발걸음을 재촉해야만 했고, 혹시라도 너가 밖에서 잠을 청하는 날에는 조마조마했겠지.

그때 깨달았어. 적어도 너만은 나의 안위를 걱정해주고 있구나. 솜털이 눕혀질 나를, 지켜보아야 할 너를 아껴주지 못했구나. 그래서였어. 한참을 나와 같은 집에 머물러야 할 너를 위해서 우선은 악착같이 살아가기 시작했어. 그리고 단죄에 대한 책임을 묻기 시작했어.

비록 너가 집을 떠난 이후, 몇 번 더 나를 갉아내는 시기를 마주하게 되었어. 너도 누구도 없이 애오라지 혼자 견뎌내야 했던 시간이었지. 그러나 모든 걸 감내하고 미친 듯이 글을 써서 이렇게 머물러있게 됐어. 거짓말 않고 어제도 저번 주도 저번 달도 난 종종 위태로웠어. 다만 우리는 모두 위태로운 사람들일 거라는 마음으로 끈덕지게 기다렸어. 가끔씩 너가 우리 집에 찾아오는 날들을. 그리고 내가 노래하고 시를 쓰고 사랑을 하는 날들을.

난 언젠가 사라져. 자의 때문이 아니더라도 난 결국 사라질 거야. 그래서 유서를 썼어. 너의 이야기도 담아놓을게. 이 글이 그거야.

다른 첫 번째 이야기

나는 당신이 정말 미웠어요. 물론 지금도 유효해요. 내 고향은 언제나 밖이었고, 내 안식처는 오로지 나와 그 사람뿐이었어요. 결코 당신 혹은 당신의 숨이 섞인 그곳은 아니었다는 거죠. 나는 그렇게 숨을 참고 도망쳤어요. 잠깐 잃어버릴 것처럼 뒤도 안 돌아보고 말이에요. 언제나 당신의 말에 나의 안녕은 늘 외줄 위에 있었고, 지금도 어쩌면 그럴 거예요. 내 모두는 자국 진한 삽화로 머물러 있어서, 불을 켜고 끄듯 나는 일순간 무너져버릴 수도 있다는 거죠. 그러니까 최대한 내 궤도에서 멀어져 주세요. 당신의 자전이 멈출 때, 나는 그때 찾아가겠어요. 그리고 조금도 슬퍼할 줄 모르는 당신과 달리, 난 적당히 슬퍼해 볼게요. 나를 잔인하다고 하지 마세요. 난 당신으로부터 나와, 당신과 닮았으니까.

SEE U LATER

나는 너의 은근함이 좋아
내 모든 순간을 좋아해 주는
그 마음씨도 좋아

이따금
너의 악의 없는 말 하나에
상처받은 눈을 흘릴 때가 있어
그때 내가 볼 수 있는 건
주춤하는 네 공기의 흐름이야
그럼 우리는 다시
정적을 환수하고 웃어버려

우리에 대해서 몇 가지 말하자면,
심술궂게 내려간 눈매와는 달리
유난히 한쪽만 올라가는 입꼬리

나를 이겨 먹을 마음은 영 없으면서
괜한 승부욕에 나를 놀리는 천진난만함
너는 평생 모를 모진 단어와
삐걱대는 나의 몸짓
의아함이 전부인 너의 동그란 눈
그 의아함에 의아함을 또다시 느끼는 나

언젠가 너의 동그란 눈동자와
그 눈빛 속에 갇혀있는 호승심을 봤을 즈음
결결이 널 염려하고 있다는 것도 알게 됐어

또,
얄궂은 시선으로 사람들을 쳐다보는 한편
어떤 약자에게는 거두지 않는 시선에서
얼핏 사랑을 느껴봤어
그 사랑을 너의 사진기처럼
한 장의 사진으로 인화하고 싶어

빛을 받아 찬란했지만
막상 인화해보니 바래진 사진

그 뒷면으로
나도 짓궂은 낙서를 하고 싶어
내 감정을 무너뜨리는 그 이성에도 말이야

그리고 너의 우주에
무중력을 통해 떠나보낼래
여러 행성에 여행 갈 거야

오랜만에
아껴줄 사람을 찾았다는 말에
오늘도 내 은하계는
끝도 없이 커져가고 있어

봄나무를 심어준 당신에게

굽이진 당신의 세월과 마음을 훔쳐보았을 때예요. 당신의 힘은 무엇일까요. 무엇이 당신을 곧게 피워냈을까요. 불치와 난치 어느 그 사이의 삶에서 실랑이하며 그 어느 사랑도 받지 못했다는 당신의 그 기억들을 내가 잠시 바라봐도 될까요. 당신이 뱉어낸 모든 것들의 대부분이 나의 잔재로 남게 됐어요. 내가 아린 삶을 살아왔다는 걸 알아줄 수밖에 없던 당신은, 도대체 어떤 삶을 살았던가요. 어쩌면 나보다 더 긴 긴 겨울에서 머물러야 했던 당신은 어떤 야생성을 가지고 있었나요. 그래서 당신은 큰 봄나무가 되었던 건가요. 언젠가 당신을 당돌하다고 말했을 때, 그 찰나에 마음의 균열이 보였고 내가 알아차리기도 전에 다시 닫혀버렸어요. 그것들은 결국 당신의 입 밖에서 정제된 채로 마주했었죠. 그렇다면 당신은 정말 어떤 삶을 살았던가요. 가늠하지 못할 당신의 겨울과 나의 밤을 기억해요.

○

　당신과 닮은 사람을 찾고 있었더군요. 당신에게서 도
망쳐 나왔던 길인데 말이에요. 난 그렇게 두어번 당신
을 닮은 사람을 만나 관계를 맺고 끊었어요. 그리고 다
시 또 다른 누군가를 만나고, 그 사람 마찬가지로 당신
과 닮았겠죠. 위액이 쏟아져 나올 것 같아요. 그러나
그 짓거리를 못 해 먹겠다고 생각할 즈음에 되처 당신
과 닮은 사람을 찾고 있을 거예요. 결국 난 나에게로
계속 돌아가는 길이예요.

　하지만 이 끝없는 이차원의 트라우마 속에서 이젠
더 이상 자책하지 않을 거예요. 내 잘못은 전혀 없었다
는 걸 이제야 알았어요. 단순히 제 죄악은 이 세상에
던져졌다는 것 뿐이었구요. 살아가면서 짊어졌던 몇 가
지의 업보를 당신의 책임으로 돌릴 거예요. 배덕감 따
위는 없어요. 당신이 칼을 들고 내 앞에 있었을 때를

생각해봐요. 누가 그 감정을 고스란히 감당해야 될까
요. 그리고 왜 날 수감자로 만들었나요. 왜 나를 탓하
나요. 왜 내 감옥에 면회를 올 때마다 혀를 찼나요.

두 번째 이야기

엄마, 보고 싶어
근데 엄마 주변은 깜깜해
나 그래서
겁이 나서 도망쳐버렸어

내가 너무 비겁해 보여서
너무 무책임한 것 같아서
엄마 생각만 하면
내 하루는 대단히 먹먹해져

그러니까 우리
어디론가 도망쳐버리자
그 어느 곳이라도
뒤따라 밟아갈게

엄마가 언젠가 그랬잖아
어렴풋이 말했잖아
사람이 무섭다고
돈이 무섭다고
세상이 무섭다고
삶이 무섭다고

우리 영원 속으로 도망가자
영영 사라지자

배신과 거짓이 없는 곳으로
떠나버리자

화란춘성(花爛春盛)

"할머니 꽃보다 더 아름다우세요"
"아이야, 여기 보아라"

당신의 눈에 비친 내 모습

어디가 무거웠다

집 안에 흠뻑 쏟아 들어오는 파도
시계가 젖어 툭 떨어지고
수납함에 담긴 잡동사니와
선반에 올려놓은 인형들은
둥둥 떠다녀 서로 엮이려 든다
편지를 품은 나무상자는
배수구에 걸려

'툭툭'
하고만 있다

나는 당신의 눈에 빨려 들어가
어디 바다 하나의 섬에 있다

핑크빛 고래

당신이 얼마나 빛이 나는지 아시나요
난 당신을 꽤 동경했답니다

언젠가 당신의 불치스러운 마음 때문에
그 빛은 멀리 달아난 것만 같았죠

그러나 당신과 나의 접점을 계기로
난 어느새 당신의 불씨가 되었나 봐요

누군가와의 싸움과 당신을 향한 폭력들
놓지 못했던 지독한 관계들

하지만 여전히 자명하고
반박할 수 없는 찬란한 사실

아무리 환란이 막아선대도
빛은 어디로든 새어 나간다는 것

연민의 대상이 아닌
충만한 사랑의 존재

하지만 내 눈을 스치던 무언가는
자꾸만 당신을 찾게 만들어요

금방 파도에 잠길 눈과
움츠러드는 어조

그래서 난 당신을 사랑하고
늘 마음 한편에 방을 내줬어요

가끔은 권태롭고 가끔은 바쁘고
가끔은 비루하고 가끔은 빛나는 내 삶을 핑계로

당신에게 적잖이 소홀했던 것과
이따금 마음속으로 싫증을 냈던 것에 사과드려요

빛나는 당신을 충분히 품기에는
작디작은 내 우물

내가 당신을 밀치는 게 아니라
나를 밀어내려는 자성

난 그것 모두를 거스르고
당신을 아껴줄 수 있을 것만 같아요

적당히 연락하고 적당히 눈을 맞춰요, 우리
그리고 당신이 이어 보고 싶다던 드라마를 봐요

또 여행을 가요
어디로든지 좋아요

다른 두 번째 이야기

그래서 이런 글을 쓸 수 있었던 거예요. 감사해야 할지 원망해야 할지 모르면서도, 나는 내 영혼을 씻기 위해서 매일 나아가요. 모든 파랑을 내 힘의 원천으로 삼아 끝까지 이 세상을 떠돌아볼게요. 그리고 끝까지 사랑을 놓치지 않을 거예요. 어느 한 자리에 정착하며 당신과는 다른 사람이 되도록 기도할 테구요. 당신이 아닌 사람을 만나서, 당신과는 다르게 살아갈게요. 어떤 착오도 알지 못하는 당신은 여전히 나의 행보를 꼬집고 힐난하겠지만, 난 계속 멀어지겠어요. 당신과 나의 더러운 영혼으로부터.

영원히 살 수 있는 방법

어느 여인을 마주했다.
그녀는 자신이 시한부라고 한다.

한참을 울먹였다.
그러다 마음으로 외쳤다.

'저도 시한부에요'

안일하게 외면했던 건
모두가 시한부라는 사실.

머뭇거림과 주저함.
알 수 없는 표정들과 공기.

자신의 기구함이
이제는 재겨운 소재인 양

재잘재잘 떠들어대던 그녀는
영락없는 소녀였다.

이 모든 찰나는
내 영혼에 남을 테다.

개구진 웃음과
비집고 나오는 아쉬움들.

입꼬리를 타고 내려오는
문명의 불씨.

이 글에 당신을 담았기에
우리는 더 이상 시한부가 아니다.

생명의 연장은
획에 새겨지는 마음들이다.

폴란드에 있는 당신에게

어느 날
당신의 밤이 눈에 밟혔다

당신의 서랍 속에는
당신의 예술과 당신의 마음들과
부스럭거리는 약 봉투로 가득할까

당신이 그려낸 악보에는
무슨 별자리가 그려져 있을까

당신이 빛나는 이유는
그 성휘의 주인이라는 것과
지난 밤을 작곡했던 것 때문일까

타인에게 고마움을 전하는 게 일상인 당신은
당신 자신에게 얼마큼의 고마움을 느끼고 있을까

그게 아니라면
무엇이 당신의 빛을 앗아가는 것이고
서랍을 비워내게 만드는 것일까

언젠가 그 서랍에
나의 글과 꾀죄죄한 사탕이 담겨 있으면
더할 나위가 없겠다

그럼 어느 밤의 당신은
부스럭거리는 소리를 뒤쫓다
약 봉투가 아닌 나의 사탕을 집겠지

그리고 당신은 충분히 잘하고 있다고
정말 괜찮은 사람이라고
담아낸 이 글도 같이 떠올리겠지

우파루파

오랜만이네. 2년만인가. 아니 더 됐던가. 여전하구나
그 웃음은. 내가 정말 좋아했던 것 중 하나였는데. 마
시지도 못하는 술을 마시자고 한 건 그 구실이 아니면
너를 못 만날 것만 같아서야. 유난히 술을 좋아했다는
게 문득 기억이 나서 말이지.

부끄러워서인지 술기운 때문인지 거울에 비친 내 얼
굴은 금방 타올라 없어져도 이상하지 않을 만큼 달아올
랐어. 자꾸만 꼬이는 혀와 그사이에 엉겨 붙는 우리의
말들. 그리고 찾아오는 잠깐의 정적. 썩 나쁘지 않았어.
아니 솔직히 좋더라.

너 말대로 별거 없는 술집을 뒤로 어디론가 가던 길.
횡단보도를 건너며 나를 만나서 기분이 좋다는 너의 말
에 잠깐 착각했어. 혹시라도 우리가 다시 만날 수 있을

까라는 그런 거 말이야. 근데 금방 거두었어. 내가 만남의 끝에서 말했던 그 이유 때문이야. 너도나도 잘 알고 있겠지.

내가 '살이 빠졌다'고 무심하게 말을 던진 너가 괜히 기억나는 밤이야. 맞아 살 빠졌어. 내가 이다지 그 말을 마음에 담고 있는 이유는, 너가 그때의 나를 정확히 기억하고 있다는 게 참 기뻐서. 단정 짓듯 확실하게 알고 있다는 그 말투. 너의 기억 속에 나는 유효했구나.

이 작은 글을 보고 혹시 너는, 이게 너에 대한 이야기라는 걸 알고 있을까. 그리고 여느 날들처럼 피식하고 웃어넘겨 버릴까. 그리고 나에게 사사롭게 연락을 할까. 아니 그전에 내 책이 나왔다고, 한 번 봐주지 않겠냐는 내 연락을 받아주긴 할까.

다윗

걸라이어스의 적대자
거대한 양치기 소년
누가 그를 손가락질했는가

그 돌멩이로 나를 무너뜨려 주어라
그 누구보다도 담대하고
설명한 마음씨가 있지 않느냐
결국 신의 이름을 빌린 자가 아니느냐
너가 그랬던 것처럼
또다시
너의 용기와 믿음을 투석구에 실어
나의 밤의 이마에 던져 보내라
그 수장의 목을 잘라주어라
그리고 다음과 그 다음에게
흠씬 겁을 주어 도망치게 해주어라

너의 슬링은
언제나 약점을 노리고 있지 않느냐
그러니 외면하지 말아주어라

냇가의 어린 소년아
울지 말아라
기록 뒤편의 이야기가
거짓이어도 상관없다
이미 나의 상징으로 남은
어떤 거인이다

어서 돌멩이를 주어라

퀘스처닝

적잖이 소원했던 친구에게 연락이 왔다
고민이 있다고 한다

당연하게 여긴 모든 것들이
더 이상 당연하지 않다고 한다
늘 확신이 가득했나보다
이제는 확신할 수가 없다고 한다
모든 걸 받아들일 용기가 모자란다고 한다
준비되지 않았다고 한다
설령 준비가 되었다고 한들
수많은 진실을 마주하기에는 무섭다고 한다
어떤 이유에서든 누군가에게
자신의 마음을 내보이는 건 두렵다고 한다

준비 없이 태어난 우리가
무엇을 준비할 수 있으며
무엇을 확신할 수 있을까
그것은 어쩌면 거만함일지도
어쩌면 욕심일지도 모른다

짐작하는 것이 준비함이 되지 않는다
진실이 마주하기 어렵다면
마주하지 않은 채로 놔두어도 된다
우리는 모든 걸 알 수 없으며
구태여 알 필요도 없다
꺼내기 어려운 마음은 멀찍이 두어도 된다

언젠가 그 마음은 식어버리거나
이내 삐죽삐죽 너의 입꼬리로 튀어나와
그것이 전부가 될 것이니까

눈이 보물인 당신에게

1

우리가 에스컬레이터를 타고
서로 마주 보고 있을 때였어요
비록 장난스러웠지만
나를 빤히 바라보는 당신의 눈을 보았고
난 그렇게 보물을 찾아냈어요
반짝이는 세상을 담아낸 눈과
그것을 담은 예쁜 모양새를요

몸을 설레설레 움직이는 당신의 눈을 추적하여
물리적인 무언가 너머
어떤 심미적이고 애틋한 것들을 보았고
그 시선이 지금은 나를 향해있다는 사실과
비로소 나를 바라볼 수 있는 용기를 마주했어요

그렇게 에스컬레이터가 한참이길 바랐어요
훔치지 못할 거라면
조금이라도 내 마음속에 털어내고 싶었거든요
해적왕이 나타날지 몰라요
빨리 개찰구에 카드를 찍고 손을 잡아 도망가요
그게 어딘지는 모르겠지만

2

언젠가 제가 생각나면
문을 열어주세요
가끔 당신을 보고 싶어 할 거예요
보물을 훔치려고 해서 미안해요
그저 두려웠어요
날 너무 미워하지 마세요

당신이 생각했던 일은 없었어요
그게 당신의 오해였는지
아니면 나의 실언이었는지 상관없어요
전부 진실이 아니라고 고백할게요

세 번째 이야기

밤이 찾아오면 그녀는 티비를 멍청이로 만든다. 새어 나오는 빛과 함께 억울함이 가게의 옷가지에 스며든다. 그녀는 삶을 빼앗긴 기분이 들어 사무치게 서럽다.

그러다가도 다음날이 되면 아무렇지 않은 듯이 일어나고 살아간다. 그녀 말로는 자신이 변덕쟁이라고 한다. 그러면서 어느새 다시 그녀는 생각에 잠긴다.

'죽기 전에, 내가 사라지기 전에, 어떻게 일구어놔야지?' 연거푸 계획을 세우고 바꾸곤 한다. 그러다 다시 밤이 찾아오면 온몸에 한이 서린다.

그녀는 어떤 책임감을 가지고 있다. 내가 알 수 없고 이해할 수 없고 감당할 수 없는 어떤 것이다. 그래도 그녀는 그것 때문에 나처럼 비겁하게 도망치지 않았다.

동시에 죄책감도 가지고 있다. 아마 그것은 그녀의 지갑에 항상 들어있겠지. 그래서 쉬지 않고 몸을 움직이나 보다. 그게 마치 자신의 숙명인 것처럼.

그렇게 가슴이 저려서 그녀는 무작정 전화를 건다. 전화 너머의 상대는 아마 무뚝뚝하면서도 큰 대나무 같은 사람이겠지. 그게 그녀의 새벽을 지새우는 방식일 거다.

이유 없이 전화한 것처럼 둘러대지만, 그는 이미 그녀의 목소리에서 무언갈 알아챈다. 무슨 일이 있냐는 물음과 아무 일 없다는 대답은 정해진 각본이다.

굳이 더는 묻지 않는다. 어쩌면 그에게는 여느 때와 다름없는 시시콜콜한 신파일 수도 있으리라. 아니면 그가 감당하기 귀찮은 비극일 수도 있고.

사실 나는 잘 모른다. 다만 확실한 건, 그녀는 그 조차로도 위안을 받고 다시 마음을 가다듬는다는 것이다. 그리고 또다시 계획을 세우고 철회할 것이다.

이게 그녀가 살아가는 방식이다. 배움을 받지 못한 그녀는 자신의 모든 감정을 뼈와 곡조에 새겨버렸다. 글을 영 몰라서 그렇게 살아왔다. 그렇게 살아간다.

@peanutz

툭 떨어져도
깨지지 않고
다치지 않고
썩어버리지 않는 이유는
그만큼의
인고의 시간을 견뎌냈기 때문이다
견고한 갑주는
그 어느 세월도
깨부수지 못한다는 걸
자신은 알고 있을까
그래서 본인을 그렇게 칭하는 걸까

당신이 늘 궁금하다

얼마나 단단한지

어떤 뿌리에서 자랐는지

잠시라도 곁을 내어줄 수 있는지

당신의 렌즈 뒤에는 어떤 눈동자가 숨어있는지

책임져주세요

사람들은 저마다 가지고 있는 향기가 있다. 이건 체취뿐만 아니라 그가 사용하는 섬유유연제든 향수든 달큰한 바디워시든 샴푸든, 모든 것을 포함한 향기를 말하는 거다. 그러나 제아무리 맡기 좋은 향기라도 내 집에 들어오는 이상 그것은 더 이상 좋은 향기가 아니다. 그가 품은 향기가 내 방 곳곳에 묻어나게 된다면 난 당신에게 '책임져달라'는 말을 목구멍까지 꺼내온다. 내가 밤새 당신의 향을 껴안고 있을 동안 아무것도 모를 당신을 무슨 죄목으로 옭아매어야 할지 한참을 고민하다 잠든다. 그러다 무의식에서 벗어나면 다시 당신의 향기를 의식하여 자꾸만 책임을 찾게 된다. 내가 나를 책임질 방도는 절대로 생각하지 못하는 겁쟁이가 되어버렸다. 그 책임들은 관계와 알약들에 숨어있다. 그것들을 꾸역꾸역 내 입에 밀어 넣었지만 몇 번씩이나 역류성 식도염에 걸려 심장이 시큰했다. 그래서 당신에게

"나를 데려가 달라"고 말을 건네었고, 그 말을 자신의 집에 초대해달라는 것으로 이해한 당신을 뒤로 쓴웃음을 지었다. 적어도 당신의 집에 있을 때만큼만 당신이 기억날지도 모른다는 것이 착각일지 아닐지는 모르겠다. 내 옷가지에 묻어날 당신의 향기는 세탁기에 돌려 버리면 그만이다. 문득 스쳐가면 음악이나 글이나 오락거리로 흘려보내면 그만이다. 그러나 내 집에 당신의 향기를 심어놓고 가는 것은 반칙이다. 나는 책임질 용기가 없어서, 당신에게 앞으로 내 집에 들를 때는 향수를 뿌리지 말라고 부탁을 할지 아니면 내가 당신의 집으로 가겠다는 실험을 할지 고민 중이다.

그렇다고 당신이 싫은 건 아니다. 오히려 내 지구의 회전축은 당신에게 쏠려있다. 그만큼 아프다. 당신이 날 위로해주던 적이 있다. 이렇게나 당신이 따뜻할 일인가. 난 당신에게 무엇을 바라고 있는 걸까. 난 왜 이렇게 욕심이 많은 걸까. 왜 당신을 탓하고 있는 걸까.

알고 있지만 모른다.

당신이 늘 미우면서 좋은 이유다. 미워해서 미안하다. 모진 구석을 보여준 적 없는 이를 미워한 적은 처음이다. 이 미움이 내 영원에 담길까 봐 무섭다. 갇힐까 봐 두렵다. 하지만 당신을 내 영원에 품고 싶은데 어떻게 해야 할까.

이 글은 영원히 미완성이다. 더 이상 써 내려갈 수 없다고 말하는 게 내 완결이다.

당신이 내 앞에 나타나 줘서 고맙다. 미워한다고 해서 미워하지 않았으면 좋겠다. 언제 다시 늘어갈지 모르는 이 문장을 뒤로 글을 마친다.

'내 향기도 잠시 품어서 가끔은 날 그리워해줘'

다른 세 번째 이야기

낯선 이가 찾아와
내 집의 많은 것들을 수리해주었다

전등을 갈고
세탁기를 봐주고
에어컨을 고쳐주고
정수기를 교체해줬다

곰팡이 쓴 벽지를 보며
괜한 건강 걱정을 하기도 하였다

내 건강이 위해했던 건
곰팡이도
사람도
나도

아닌

당신 때문이라고 말하고 싶었다

내 집이 아닌

내 마음을 수리해줄 수는 없겠냐고

미안했다고

사랑하진 않지만

나름 아낀다고

말해줄 수는 없겠냐고 외치고 싶었다

옹졸한 내 마음 구석이

삐꺽거리는 사랑을 하는

그 곡절은

당신 때문이라는

더러운 내력을

낯빛에 비추고 말았다

감정형 인간(F100)

나는 이성적인 사람이 아니야
매일 파도 위에 출렁이면서
내 기준이 수평선이라고 뻗대는 사람이지

사랑하기를 주저하는 사람에게는
행운이 찾아오지 않아
나는 행운아인 편이지
내 옆에 있는 너에게
큰 요행을 가져다주진 못해도
지금처럼
사랑을 가져다줄 수는 있어

네 말처럼
난 야망이 큰 사람이 아니야
너가 가진 것보다 꾀죄죄할지 모르지

그래서 지금 이런 삶을 사는 걸까

난 사랑하기를 좋아해
나는 사랑을 하는 채로 살아갈래
너를 서툴게 사랑해도 이해해줘

나에게 의지한 적이 없다고 해서
조금은 실망했어
내가 이제까지 생각했던 것들이
전부 뒤집힌 것 같아 유감이야

너에 대한 야망은
놓치지 않을게

그리고
나는
너를 무시한 적도
얕본 적도 없어
널 어딘가에 담아두고 있었을 뿐이지
그렇기에 사랑할 수 있었다고 말할게

울지마
나도 울 거 같아
그리고
웃든지 울든지 둘 중 하나만 해
진짜 바보 같아

힘들었구나
그런 생각도 하고
많이 아껴

그 말

1

우스운 소리로 여긴 허언증 환자의
"너 행복하니?"

사뭇 진지했던 그의 모습에
코끝이 얼얼했던 밤

2

내가 병동에 처음 들어섰을 때였다.
나를 반갑게 맞이해주는 한 이모가 있었다.
그녀의 눈에 그려진 삐뚤빼뚤한 반영구 문신과
기이하리만큼 높은 콧대
추레한 분홍색 티셔츠와 7부 깜장 레깅스

듬성듬성 갈색빛을 띠는 부스스한 머리
여느 환자와 다를 것이 없는 그녀였다.
그래도 그녀는 다른 이들과는 달리
줄곧 대화를 잘 이어갈 수 있는 대상이었고
무엇보다 마음이 따뜻했던 터라
나는 그녀와 꽤 가까이 지냈다.
활동 시간에
이전까지 쳐본 적이 없던 테니스도 같이 쳐보고
대부분의 점심과 저녁을 함께 먹고
나란히 TV도 보며 소소한 대화를 나눴다
그러나 가끔 터무니없는 허언들이
그녀의 입에서 튀어나오기도 한다.
이게 그녀의 죄목과 연관되어 있을 것이다.

자신이 로또에 당첨이 되었는데, 그걸 독차지하기 위해 가족이 자신을 가두어뒀다는 이야기부터 시작하여 자신이 책을 내려고 하는데 어떻게 책을 내야 하는지 모르겠다는 이야기들을 입에 달고 살았다

그리고선 내가 국어국문학을 전공한다는 이유로 책을 낼 수 있게 도와주라고 했다

아, 그 책의 이름은 '너 행복하니?'였다

사실 허언이 그녀의 일상인 것을 알고 있었기에, 그녀가 뱉어내는 대부분의 말들은 나에게 그저 대화의 물꼬를 트는 소재거리라고 여기고 넘겨버렸다.

　그러던 어느 날 그녀가 방에서 어떤 노트를 꺼내왔다.

　새빨간 표지와 그 위에 네임펜으로 쓴 어떤 제목

　바로 '너 행복하니?'였다.

　그녀는 약에 취한 체로 아무렇게나 책을 펼쳐내
　그 내용들을 찬찬히 소개해주었다.

　딸에게서 느끼는 애틋하고 미안한 감정
　불우한 자신의 전기
　다소 성적인 내용―그 탓에 간호사가 책 소개를 저지했다.
　그리고 당신은 행복하냐는 물음

　잠시 자전이 멈추고, 닫힌 우주로 변했다
　그녀의 책이 실존하고 있었다는 충격과

그녀의 말이 어디서부터 어디까지가 진실이고 허언이었는지에 대한 궁금함과 불안함.

나와 다를 바 없는 그녀를, 환자로 명명하고 어떤 우월감을 느끼고 있었다는 오만함.

그리고 죄책감.

무엇보다 나는 정말 행복한가에 대한 물음.

모든 감정이 쓰나미처럼 밀고 들어와
코끝과 눈시울에 도착했다.

당신이 보고 싶다고 하면 돌아와 줄까

가끔은 외숙모가 보고 싶다. 그녀가 종종 나를 대형 마트에 데리고 갔던 기억이 난다. 내가 그곳 꼭대기 층에 위치한 놀이방에서 놀고 있을 때, 그녀는 마트 옆 서점에서 꽤 오랫동안 책을 읽었었다. 그러다 어느 한 쪽이 싱거워질 때 우리는 다시 발걸음을 옮겨 집으로 향했다.

키가 작은 탓에 버스 하차 벨을 누르지 못해 집에 돌아가지 못해 울먹였던, 그 놀란 마음을 다독여줬던 날. 티비에 나오는 요상한 체조를 같이 따라 하며 웃음을 참을 수 없어 엉망이었던 날. 여기저기 돌아다니며 내 괴상한 발상을 바람에 함께 날리던 날. 가끔은 잘못된 것에 무서운 얼굴을 매차리로 삼아 나무랐던 날.

생생히 기억이 난다. 푹 눌러쓴 야구모자와 화장에는

영 관심이 없지만 늘 갈색 립스틱은 고집했던 그녀. 가끔은 투박하게 굴기도 가끔은 나보다 더 아이처럼 굴기도 했다. 오랜 시간 동안 엄마의 자리를 대신했던 그녀는 내 삶의 가장 안쪽에 자리했었다.

그러나 머지않아 그녀는 내 궤도에서 이탈하였다. 나중에 알게 된 사실이지만 서울로 떠났다고 한다. 그리고 돌아오지 않았다. 무엇 때문인지는 몰라도 그녀는 내 엄마와 손을 맞잡고 펑펑 울며 잘 지내라는 인사를 나눴던 게 아른거린다. 그녀는 애써 나를 바라보지 않았고 울먹임을 배낭에 담아 떠나버렸다. 다시 돌아올 줄만 알았다. 하지만 그게 그녀에 대한 나의 마지막 기억이다. 나에겐 아무런 언질 없이 떠나버렸다.

지금은 떠난 이유에 대해서 어느 정도 알고 있지만, 그건 중요하지 않다. 나는 가끔 외숙모가 정말 보고 싶다. 책을 좋아하는 그녀가 이 책을 읽게 되어 나에게 연락을 하면 얼마나 좋을까. 누구와 어디서 어떻게 살고 있는지는 궁금하지 않다. 그저 잘 지냈는지 그리고 날 보고 싶어 했는지가 궁금하다. 보고 싶다.

이렇게 갑작스레 그녀가 떠오르는 이유는 내가 대학교에 들어와 사귀었던 친구와 외숙모가 동명이인이라는 것이 문득 머리에 스쳐 지나갔기 때문이다. 조금 웃기긴 하다. 잊어버릴 수 없는 기억은 어느 물건도 아닌 그녀의 이름 석 자에 심겨 있었다.

꽃이 되는 날 돌아온다고 해줘

너를 처음 봤을 때가 언제인지 모를 정도로 까마득
할 정도야

이렇게 생각보다 가까워질지도 몰랐고 말이야

새로 지은 우리의 이름이 비슷해서 놀라기도 했어

널 오해했던 지난날에 사과할게

그리고 그때의 진실들에 유감을 표할게

언젠가 너의 신당에 놓여있는 악보를 다 보고 싶어

비록 내가 가진 색깔과는 여러모로 다르지만

진정 너의 꽃을 피우는 날들을 들여다보고 싶어서

그리고 그때 다시 돌아온다고 해줘

너의 작은 메아리를 손으로 만져대던 날

울음을 숨길 수 없었던 이유를 찾고 싶어

너가 갑작스레 내 눈앞에 나타나고

갑작스레 떠다니는 말을 건네오고

갑작스레 내 방의 공기를 바꿨던 것처럼

갑작스레 울음을 떠안겨준 그 이유 말이야

꽃이 되는 날 돌아온다고 해줘

그리움이라는 변명으로

내가 뭐라고 당신의 이야기를 쓸까

당신에 대해서 글을 써 내려가는 것이
큰 실례가 아닐까 생각하는 중이다
그러면서도 감히 원고지를 닳게 하는 것이
내 무례함이자 대담함이다

당신을 처음 만났을 때가 언제였을까
내가 작은 음악회에 초대했을 때였나보다
잠시 그 몇여분을 보려고
저 멀리서 꽃다발을 들고 왔던 당신이
6년이 지난 지금도 생각이 난다
그 이후로 몇 차례를 만났지만
썩 뜨겁지 못하고 유의미하지 못했던
지난날들에 사과하고 싶다

내가 뒤돌아보았을 때
어느 골목에 큰 액자로 걸려있는 건
당신의 환한 웃음과 짓궂은 말투다

몇 년에 걸쳐 세 차례 정도
당신에게 연락을 했던 적이 있다
물론 그때마다 당신의 옆에는
늘 머무는 사람이 있었고
나는 그렇게 탐욕과 아쉬움 사이에서
그날처럼 당신을 놓치게 됐다

내가 그때 조금만 덜 욕심 내고
조금만 더 당신을 아껴주었다면
나도 지금 당신의 연인처럼
오래오래 당신을 만날 수 있었을까
하는 속 쓰린 마음이 백색왜성이 되었다

과장하는 것이 아니라
그 모든 지점들은
당신에게는 짧은 순간이었을지 몰라도

나에게는 긴 나날의 한 구심점이었다

당신을 사무치게 좋아했다고
하지만 지금만큼의 마음이 아니었다고
돌아보니 너무 아쉽다고
그래서 미안하다고
고백하고 싶다

내가 미련이 많은 사람인지
아니면 진정 당신이 좋은 사람인지
그것조차 모를 정도로
당신이 보고 싶다

보고 싶은 사람 참 많다

다음엔 어디로 가야할까

너 용감해
난 갖지 못한 걸 넌 가졌더라
우울 속으로 비집고 들어와 줘서
웃음을 장바구니에 담을 수 있게 해줘서
행복하다는 감정이 잔류 됐어
널 가벼이 여기고 착각했던 어제에 사과할게
다시 한번 마음을 가다듬을 수 있게 해줘서 고마워
내가 이제까지 봤던
모든 사람들 중
너가 제일 강인했어
무너지지 않아서
나 또한 전부 무너지지 않았어
그 일부의 부스러기로
결국 내 마음 한구석에
새로운 소행성이 나타났어

사실 나는 백구가 정말 좋아

가끔은 무너뜨리고 싶을 정도야

이성적 사고든 얄궂은 웃음이든

이상한 말투든 은근한 자신감이든

그 모든 걸 말이야

오히려 날 위로해주던 길

내 눈물이 멈출 수 없었던 이유는

백구 때문이기도 해

알 수 없는 태연함이

자꾸만 내 시신경으로 번지더라고

이젠 내 몸의 일부가 돼서

백구가 더 좋아졌어

자주 만나고 눈을 맞추고 싶어

내 사랑도 사업의 소재가 될 수 있을까

당신은 나에게 감히 곁을 줄 수 있을까

너가 울던 밤

그 여운에 지금까지도

뼈 시리게 아파

이렇게 잠을 뒤로 제쳤어

어쩌면
넌 나보다 더 담대하지 않을까
정반대인 우리가
이렇게나 맞물려있음에 감사해
내 안위가 아닌
너의 안위와 걱정을 품고
딱 오늘 하루만 그렇게 잘게
하루만이라고 할 수 없겠다만
오늘 밤만은 잘 울어 내볼게
돌아가는 차 안에서
온 시간 너의 상처를 생각했어
모자란 겁쟁이가
해줄 수 있는 유일한 위로야

너는 내가 이제까지 본 사람들 중
그 누구보다도 용감했어

이 일을 쓴웃음으로 남기고
난 내일을 다시 살아보려고 해
고마워

늘 밝기를 바라며

말괄량이 소녀
꽃을 온새미 담아놓은 빛깔
그 사이로 보이는 아기 이빨과 철도

여러 흥미로운 모습을 보았지만
잊을 수 없는 달보드레한 미소

고된 세상에 먼저 나아가
빛을 잃지 않을까 걱정하여도
늘 웃음은 한 구석에 지닌 소녀

그 소녀를 참 좋아한다

당신과 앞날이
늘 밝기를 바라며

난 오늘도 당신에게
소소한 연락을 보내고
유별난 농담과
사뭇 무거운 고민을 듣는다

어느 날은
유난히 많은 당신의 행성을
탐험하다
내 행성을 찾아냈고
앞으로 난
그 행성을 자주 탐험할 예정이다

그렇게 우리는
지구의 잔업에 바빠져
사뭇 소홀하다가도
아무렇지 않게 만나
온 우주로 서로를 아껴준다

여러 빛깔의 별들과
우주인을 만나보자

끝말

위태롭던 하루와 그사이에 피어나는 영원에 대한 동경과 사랑을 적었습니다. 우선 당신이 나의 점심 자리에 왔으면 좋겠다는 바람으로 감히 글을 써 내려갑니다. 나리는 꽃잎 가운데 우울과 사랑을 품고 있는 소년을 지켜봐 주시길 바랍니다. 그는 영원하길 원합니다.

세상에 대한 양가감정과 그 속에 실존하는 주변인에 대한 애틋함을 지켜봤으리라 생각합니다. 억지로 무엇을 쓰지 않았습니다. 그들이 자신을 담아달라고 말을 건네왔기에 글을 썼을 뿐입니다. 이 글은 언젠가 사라질 제 육신이 남기는 유서 중 한 조각이니 제가 그립다면 언제든 들여다봐 주시길 바랍니다. 어쩌면 그 일부로 전부를 볼 수 있을지도 모릅니다.

앞서 말했듯 저는 점심을 먹는 사람이 아닙니다. 출근이나 약속 따위에 이른 아침 몸을 일으키더라도 점심은 잘 먹지 않습니다. 이유는 딱히 없습니다. 그저 제 영혼이 원하는 데로 따라갈 뿐입니다. 그럼에도 당신과 점심을 먹고자 하는 까닭은 당신이 마침내 우리의 저녁 자리에 왔으면 하는 희망에서 비롯하였습니다.

남루하고 가끔은 찬란한 날들이 담긴 이 글을 보고, 제 밤을 함께 건너 주시길 바랍니다.